AF371208

NOELS
CHOISIS
ET
NOUVEAUX.

SUR LES PLUS BEAUX AIRS
pour l'année 1700.

Evangeliso vobis gaudium magnum omni pópulo,
natus est hodiè salvator invenietis
positum in præsepió.

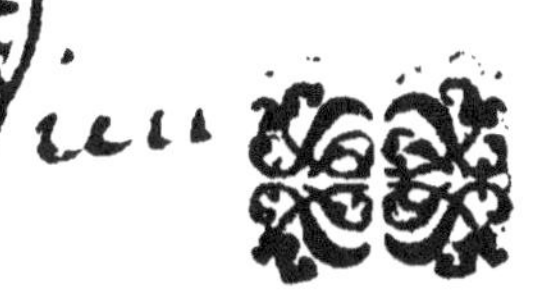

A MONTPELIER,

Chés Honore Pech, Imprimeur du Roy,
des Estats Genéraux, de Monseigneur l'E-
vêque, de l'Uuniversité & de la Ville.

M. DCC.

NOËLS CHOISIS,

ET

NOUVEAUX.

SUR LES PLUS BEAUX
Airs, pour l'année 1700.

Noël, *Sur l'Air.* Amis dans la saison de l'aimable, &c.

UN Dieu descent des Cieux, & du sein de
son Pere.
Une étable est le lieu, qu'il choisit pour Palais.
Il finit nos mal-heurs, éloigne la misere
Et nous porte en naissant, le salut, & la Paix.
Tout-nû, se réposant, sur un peu de pâture,
Sans secours, sans soûtien, entre deux Animaux,
Il répare la Créature,
S'assujetissant à nos maux.

On voit ce doux Enfant, d'une main secourable
Jetter les fondemens de ses pieux desseins,
Suspendre pour luy seul, son pouvoir adorable,
Dans le temps, qu'il fait tout, pour sauver les
humains.

A ij

Il souffre avec plaisir, il y trouve des charmes.
La Pauvreté, le froid, ont pour luy des appas,
    Et s'il verse pour nous des larmes,
    Il veut que nous n'en versions pas

Bergers celebrons tous, tous une nuit si charmante,
Jesus la fait briller, plus que le plus beau jour.
Et dans le moment même, où sa Mere l'enfante,
Il commence à montrer, l'excés de son Amour:
Des celestes esprits, paroissent sur la nüe,
Qui par son ordre exprés, annoncent dans ces lieux,
    L'instant heureux de sa venüe.
    Son avenement glorieux.

Noël, *sur l'Air.* O l'excellent Vin.
DEUX PASTEURS.
PREMIER PASTEUR.

QUEL est ce bon-heur,
  Que par tout on chante?
Une Vierge Enfante!
Son Dieu, son Sauveur:
Le Gazon charmant,
Réprent sa verdure,
Malgré la froidure,
Tout est fleurissant.
Les tendres Oiseaux,
Joignent leurs Ramages,
A nos Chalumeaux,
Et dans nos Boccages,
Nos jours sont plus beaux.

DEUXIEME PASTEUR.

Les E'chos des Bois,
Nos Préds, nos Fontaines,
Les Rochers, les Plaines,
Difent mille fois,
O jour fortuné !
Moment foühaitable !
Nouvelle agréable !
Le Meſſie eſt né.
Il eſt né pour tous,
Son amour l'attire,
Quels charmes plus doux?
Si lors qu'il foupire,
Ce n'eſt que pour nous.

ENSEMBLE.

Ce Sauveur naiſſant,
Ce Dieu debonnaire,
Egal à ſon Pere,
Pour nous gemiſſant,
Sur un peu de Foin,
Répent ſur le monde,
Une Paix profonde,
Dont - il prend le foin,
Les mortels heureux,
Sont comblés de gloire,
Et les plus hauts Cieux,
Qui l'auroit pû croire,
Ne font que pour eux.

Noël, *sur l'Air*. La Vigne n'est plus en danger, &c.

DU sein de la Divinité,
On voit naître dans une Crèche
Un Enfant Dieu, dont tout nous préche,
La Grandeur, & la Majesté,
Les Anges saints, Ministres de son Pere,
Adorent en tremblant, ce rustique Berceau
Ils sont tous auprés de l'Agneau,
Dans la splendeur, d'un si profond mistére.

La gloire de nous délivrer,
Est le seul bien qu'il ambitionne.
Pour nous il se livre, & se donne,
Sans que rien puisse l'arreter,
Son tendre cœur, à nos mal-heurs sensible,
Voyant la juste Loy, qui damne les mortels,
L'immole dessus ses Autels;
Il se soumet, comme une Agneau paisible.

Qu'on chante, dans cet heureux jour,
La merveille, de sa naissance;
L'abaissement, de sa puissance,
Le triomphe, de son amour.
Fut-il jamais de pareille tendresse?
Quitter l'éclat divin, de son immensité,
Affecter nôtre nhumanité.
De ses faveurs, ous accablet sans cesse.

Noël, *sur l'Air.* Si je connoissois
qu'un Amant, &c.

DEUX BERGERES.

PREMIERE BERGERE.

HA quel prodige surprenant ?
Un Dieu, qui n'a que Dieu pour Pere
Se fait homme, devient Enfant.
Et prent parmi nous une misere

DEUXIEME BERGERE.

C'est le Dieu Sauveur d'Israël :
Promis tant de fois à nos Peres,
Qui se fait aujourd'huy mortel,
Afin de finir nos miseres.

Ce liberateur glorieux,
Pour nous assurer sa présence
A fait retentir tous les Cieux !
Dans le moment de sa naissance.

PREMIERE BERGERE.
D'où viennent ces tendres Chansons ;
Ces Airs tous remplis d'Allegresse,
Dont nous venons d'oüir les Sons,
Et qui continüent sans cesse ?

DEVXIEME BERGERE.

Ce sont les celestes Esprits ;
Anges serviteurs du Messie,
Qui viennent combler ce païs ;
De bien, & de joyê infinie:

Il est nôtre Dieu, nôtre Roy,
Tout doit adorer son Empire,
Et nous n'aurons plus d'autre Loy ;
Que ce qu'il nous voudra nous prescrire.

ENSEMBLE.

Allons, accourons à Jesus.
Allons sans tarder d'avantage.
Portons luy nos cœurs, & nos vœux;
Allons luy rendre un juste hommage.

Noël, *sur l'Air*. Envain pour éviter
une beauté rebelle, &c.

Un Ange de la milice celeste.

Enfans de l'Eternel, Peuple saint & fidelle.
Bergers, sortés tous des Hameaux.
La Paix descent des Cieux, c'est Jesus qui l'appelle;
Goutés-en les fruits, les plus beaux.
Vivés heureux, c'est un Dieu qui vous aime.
C'est le salut promi., à vos premiers parens.
Il quitte sa grandeur. Il s'abaisse luy-même

Et

Et son humilité, va vous rendre puissans.

DEVXIE'ME ANGE.

Il n'ait en ce moment, dans le coin d'une étable.
Il fuit les superbes grandeurs,
Et content de se voir, demy-nû miserable,
Il ne songe, qu'à vos douleurs.
Tous ses soupirs, vont, au salut du monde,
L'indigence, & le froid, ne le font pas gémir,
Et seur qu'il doit regner, sur la Terre & sur l'Onde,
Il en goûte, en naissant, le succés avenir.

CHOEVR DES ANGES.

Honneur, joye immortelle, à sa divine Enfance,
Bénédiction aux mortels.
Ils auront de J e s u s, l'adorable presence.
Ses biens-faits seront éternels.
Tout Dieu qu'il est, il travaille à leur gloire,
Il se fait comme eux homme. Il habite avec eux.
Il se charge tout seul, des fraix de la victoire,
Et le Ciel est le prix, qu'il destine aux Elus.

Noël, sur l'Air. Que je vous aime &c.

O Nuit charmante,
Nuit d'Allegresse, nuit d'amour,
Nuit mille fois plus éclatante,
Que le brillant Astre du jour,
O nuit charmante?

B

Dans une étable,
E'tendu fur un peu de foin,
On voit le Meffie adorable;
Un Dieu, de l'homme ayant befoin
Dans une étable.

Son cœur foupire,
A la veüe de nos malheurs,
Et c'eft pour nous que l'on peut dire,
D'un Dieu touché de nos douleurs,
Son cœur foupire.

Qu'elle tendreffe ?
Cet Enfant Dieu pour nous fauver,
A nôtre nature s'abaiffe,
Et daigne bien s'humanifer,
Qu'elle tendreffe ?

Les Anges même,
Admirent un fi grand bien-fait.
Pour nous fon amour eft extrême,
Il nous envoye, lors qu'il n'ait,
Les Anges même.

Que tout réponde,
A l'amour de ce Dieu naiffant,
Que la Terre, les Cieux, & l'onde,
Joignent nos voix, à nôtre chant.
Que tout réponde.

Noël, *Sur l'Air.* Agreable moment ou l'objet de mes vœux.

A Dorable Jesus, au milieu de la nuit,
Entre deux Animaux, dans une Grote obscure,
Sur un peu de Paille reduit,
Sans cesser d'estre Dieu, vous êtes Créature.
Et c'est l'amour qui vers nous vous conduit,
Qui vous unit à la nature.

L'univers opprimé, vous attire icy bas.
C'est pour nous sauver tous, que vous quittés la
gloire,
Nôtre salut guide vos pas ;
De la triste Sïon, vous avés eu memoire.
Vous achevés, vous même, nos combats,
Nous joüissons de la victoire.

Inéfable Mistére, ou tout paroît charmant.
Celuy que les hauts Cieux, reconnoissent pour
Maître,
Se fait sujet, devient enfant.
Il nous aime, & pour nous, il veut bien se
soumettre
Dans cet état vil, & humiliant,
Ou son amour, le fait parêtre,

Esprits, Anges du Ciel, Ouvrage de ses mains ;
A nos desirs préssans joignés vôtre tendresse.
Ne dédaignés pas les humains.

Cet Enfant dans ce jour éleve leur foiblesse,
Bien au dessus, des ordres les plus saints,
Ou vous loüés, ce Dieu sans cesse.

Noël, *sur l'Air*. Quand je viens vous
compter la rigueur, &c.

Un Ange.   Chœur des Bergers.

L'ANGE.

Bethléem, cette nuit, à receu son Sauueur,
Il est né dans une Mazure.
C'est vôtre Roy promis, vôtre liberateur.
Il devient pour vous Créature.
Il loge avec deux Animaux,
Sa tendresse pour la nature,
L'oblige à réparer ses maux.

CHOEVR DE BERGERS.

Est-ce à nous que ces mots, viennent de s'adresser ?
Qu'elle surprenante nouvelle.
Dieu voudroit-il enfin, venir nous délivrer.
De sa part le Ciel nous appelle,
Au berceau de ce Dieu naissant.
Sa promesse nous est Fidelle.
Et son amour toûjours constant.

L'ANGE.

C'est le fils tout Puissant, du grand Dieu d'Israël,
Qui vient désarmer sa colere,
Dans l'état abaissé de l'homme criminel.

Il defcent du fein de fon Pere.
Il vient s'offrir à fon courroux,
Et ménage dans fa mifere,
Les moyens de vous fauver tous.

vers opprimé doit ceffer en ce jour,
De fe plaindre de fa fouffrance.
Dieu le comble des biens, par un excés d'amour.
Il prent foin de fa délivrance.
Il rompt fes Liens onereux,
Sa miraculeufe naiffance,
A jamais va vous rendre heureux.

CHOEVR DE BERGERS.
Quel prodige étonnant, quel bon-heur inoüi?
Un Dieu qui n'ait dans une étable,
Et pour nôtre falut, femble être aneanti,
Ce Sauveur, ce Meffie aimable,
Depuis fi long-temps attendu,
Vient défendre, l'homme coupable,
Et fauver le monde perdu.

Noël, *Sur l'Air*, Tout doit icy flé-
chir. *d'Amadis de Grece.*

Que nos vallons retentiffent fans ceffe?
Que mille voix,
Repetent à la fois.
Cet heureux jour, ce jour plein d'allegreffe,
Bannit la trifteffe,

Fait nôtre bonheur.
Que de douceur !
Cet enfant adorable ,
Ce Meſſie aimable ,
Ce liberateur ,
Ce Meſſie aimable ,
Repent dans le cœur.

Tout brille icy d'une beauté nouvelle,
Un doux Prin-temps ,
Regne parmy nos champs.
Nous reſpirons , une paix éternelle,
Tranquille immortelle ,
Qui nous vient des Cieux ,
Jour glorieux ,
Où le Fils de Marie ,
L'Auteur de la vie ,
Le don precieux ,
L'Auteur de la vie ,
Vient naître en ces lieux.

Noël, *Sur l'Air*, Ah ! je prouve en cet inſtant même. *d'Amadis de Grece.*

DEUX PASTEURS.

I. PASTEVR.

A Ccourez peuples de la terre
Au Berceau glorieux du Roy de l'Univers,

Un Dieu defarmé du tonnerre,
Pour vous fauver fe charge de vos fers.

II. PASTEVR.

Parmy nous fur le foin cet enfant adorable,
Nait en cet heureux jour entre deux animaux,
Vient délivrer l'homme coupable,
Et finir à jamais fes maux.

ENSEMBLE.

Temoignons tour à tour nôtre extréme allegreffe,
Admirons un bien-fait fi rare & fi charmant.

I. PASTEVR.

Redoublons en nôtre tendreffe.

II. PASTEVR.

Entonnons un celefte chant,
Redoublons en nôtre tendreffe.

I. PASTEVR.

Entonnons un celefte chant.

ENSEMBLE.

Temoignons tour à tour nôtre extréme allegreffe,
Admirons un bien-fait fi rare & fi charmant.

FIN.